Para:

Para B.B. Hobbs,
¡mi primer nieto!
Te amaba de corazón
incluso antes de conocerte

PHR

TE AMO DE CORAZÓN

Título original: *Love You by Heart*

Originalmente publicado por Scholastic Inc.
Esta edición se publicó según acuerdo con Pippin Properties, Inc., a través de Rights People, Londres

Traducción: Sandra Sepúlveda Martín

D.R. © Editorial Océano, S.L.
C/Calabria 168-174 Escalera B Entlo. 2ª
08015 Barcelona, España
www.oceano.com

D.R. © Editorial Océano de México, S.A. de C.V.
Guillermo Barroso 17-5, col. Industrial Las Armas
Tlalnepantla de Baz, 54080, Estado de México
www.oceano.mx
www.oceanotravesia.mx

Primera edición: 2024

ISBN: 978-607-557-781-4

Depósito legal: B 20673-2023

IMPRESO EN ESPAÑA / *PRINTED IN SPAIN*

9005778011223

Peter H. Reynolds

Te amo de corazón

OCEANO Travesía

Te amaba de corazón

incluso antes de conocerte.

Siempre te he amado.

Te he amado siempre.

Amo cada pedacito de tu ser.

Amo cada sonrisa, cada parpadeo.

Te amo de corazón.

Amo tus dedos, tu cabeza, tu nariz.

Te amo de corazón.

"¡TE AMO, TE AMO, TE AMO, TE AMO, TE AMO!"
Lo escucho constantemente en mi mente.

Tú ERES mi canción.

Amo todo sobre ti.

Amo tu forma de ser.

Amo TODOS tus días.

Tus días buenos.

Tus días tristes.

Tus días graciosos.

Tus días gruñones.

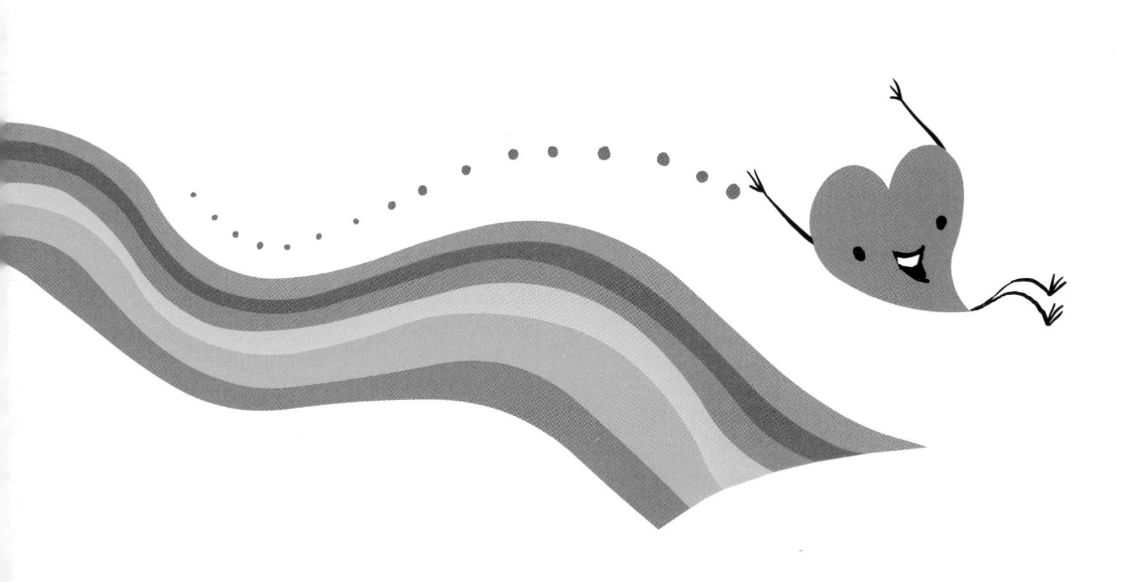

Tus días arcoíris.

Amo todo sobre ti.

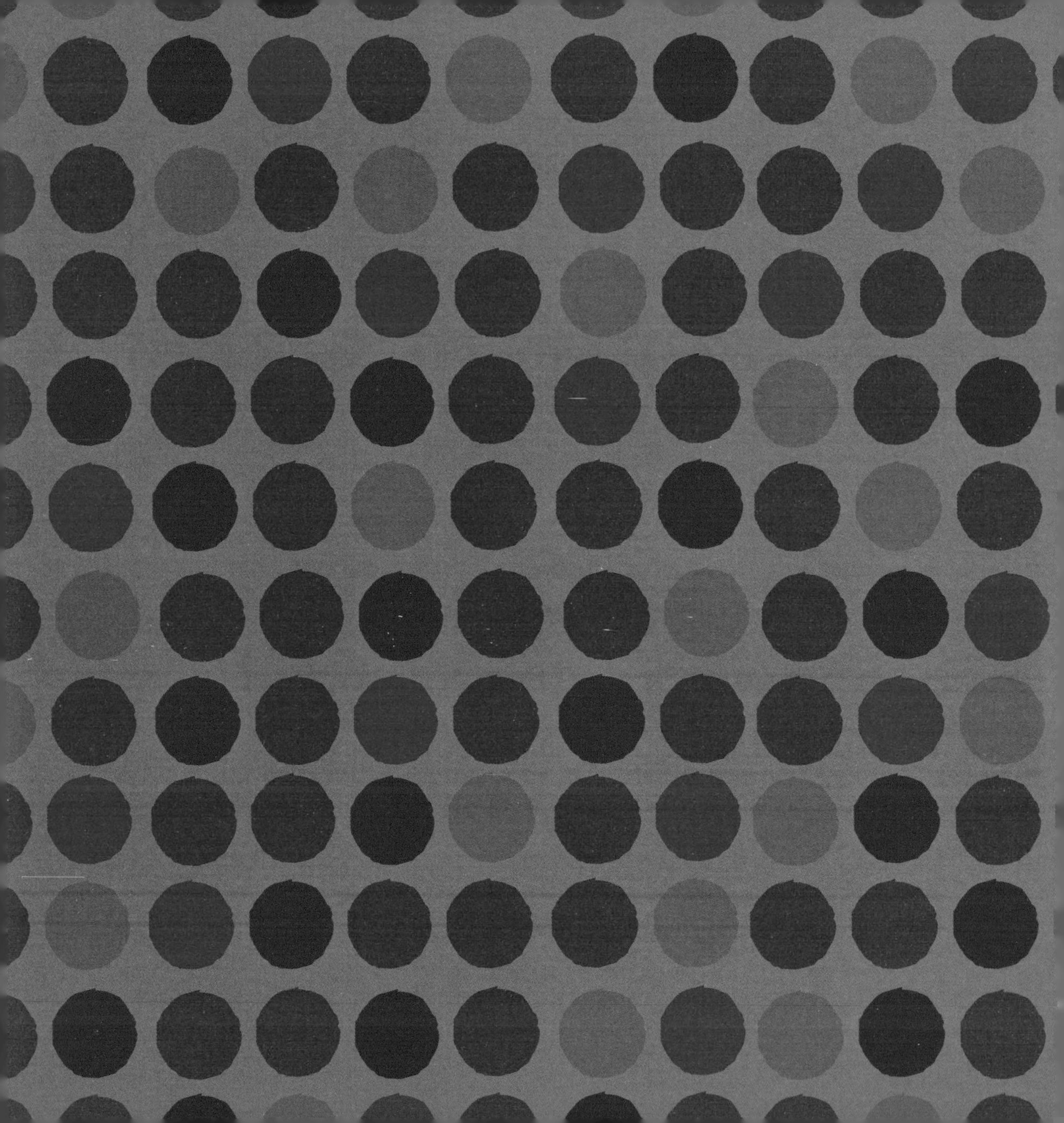

Amo cómo me haces sonreír,
me haces reír,
me haces sentir.

Te amo de corazón.

Amo todo sobre ti.
Tus triunfos y alegrías.
Tus errores y caídas.
¡Amo todo por igual!

Te amo por la mañana.

Te amo todo el día.

Te amo por la tarde.

Te amo en mis sueños.

Amo tu voz,

tus historias, tus bostezos,

tu ronroneo al dormir.

Te amo.

Siempre te he amado.

Siempre te amaré.

TE AMO DE CORAZÓN.

El amor incondicional es difícil de encontrar.
Aprécialo y disfrútalo.
¡Qué suerte tenemos de amar
y ser amados!

·on can be obtained
·com

·005B/12/P